DISNEP

*Aladdin*

D1196025

Adaptation du film de A. L. Singer
Traduit de l'anglais par Lucie Duchesne

EH Héritage jeunesse

**Données de catalogage avant publication (Canada)**

Singer, A. L.

Aladdin

(Romans Disney)
Pour les jeunes.
Traduction de: Aladdin.

ISBN: 2-7625-7433-1

I. Titre. II. Collection.

PZ23.S56A1 1993 j813'.54 C93-096778-X


Version française:
© Les éditions Héritage inc. 1993


Dépôts légaux: 3ᵉ trimestre 1993
Bibliothèque nationale du Québec
Bibliothèque nationale du Canada

ISBN: 2-7625-7433-1          Imprimé au Canada

Cette édition est publiée par Les éditions Héritage Inc.,
300 rue Arran, St-Lambert (Québec) Canada J4R 1K5.

# CHAPITRE 1

L'homme s'appelait Jafar. Sur son épaule était perché un perroquet. Le trésor était enterré là, quelque part. Une seule personne pouvait le trouver : celle qui posséderait les deux moitiés d'un scarabée antique. Jafar avait déjà la première. Quand il aurait l'autre, il deviendrait l'homme le plus puissant d'Agrabah.

Dans le calme de la nuit, arriva un cavalier au galop. Il s'appelait Gazim ; c'était un vulgaire petit voleur. Il devait apporter la deuxième moitié du scarabée, en échange de laquelle Jafar lui avait promis une part du trésor. Mais Jafar avait menti.

— Tu es en retard, dit Jafar.

Jafar était vizir royal, c'est-à-dire conseiller principal du sultan.

— Toutes mes excuses, ô Honorable Patron, dit Gazim.

— Alors, tu l'as ? demanda Jafar avec impatience.

Le voleur sortit la moitié du scarabée du fond de sa poche, mais empêcha Jafar de s'en saisir.

— Et ma part du trésor ? Vous m'aviez promis...

— Crichhhh !

Le perroquet quitta l'épaule de Jafar, saisit le scarabée dans son bec et vint le déposer dans la longue main osseuse de Jafar.

— Fais-moi confiance, dit Jafar. Tu auras la part qui te revient.

Puis il prit la première moitié du scarabée. Il approcha les deux moitiés l'une de l'autre ; en s'emboîtant, elles se mirent à briller. Alors... BROUMMMM ! Un grand coup de tonnerre retentit dans le désert. Le scarabée s'échappa de la main de Jafar, comme s'il avait été vivant, et fila dans les dunes en dessinant derrière lui un sillon lumineux.

— Vite ! Suis-le à la trace, cria Jafar à son cheval.

Le scarabée se dirigea vers une masse de grès, en fit le tour, puis s'immobilisa dans les airs. Crac ! Le scarabée se sépara à nouveau en deux moitiés, puis s'enfonça dans la pierre. Brrrrroum ! La terre se mit à trembler. Gazim se recroquevilla de peur.

Le rocher s'éleva lentement de terre. Puis il se mit à grossir dans tous les sens, changeant de forme. Les deux moitiés du scarabée avaient formé une énorme paire d'yeux lumineux. Puis apparurent des oreilles, un nez et enfin une bouche, énorme et grande ouverte. Le fond de la gueule rougeoyait comme un brasier. Le rocher avait pris la forme d'une face de tigre.

— Par Allah ! murmura Gazim. Un dieu-tigre !

— Enfin, Iago ! dit Jafar à son perroquet. La Caverne aux Merveilles !

— Ark ! La Caverne aux Merveilles ! répéta Iago.

— Maintenant, n'oublie pas, dit Jafar à Gazim. Rapporte-moi la lampe. Le reste du trésor t'appartient, mais la lampe est à moi.

Gazim se dirigea vers la gueule du dieu-tigre.

— Ark! La lampe! répéta Iago.

Puis, se penchant à l'oreille de Jafar, il murmura:

— Oh! la! la! Où es-tu allé le pêcher, celui-là?

— Chut! fit Jafar sèchement.

Jafar n'était pas d'humeur à l'écouter; il regardait ce qui se passait devant lui. Et il attendait.

— Qui ose venir déranger mon repos? demanda le dieu-tigre en faisant trembler le sol encore une fois.

— Euh... C'est moi, Gazim, un humble voleur, répondit celui-ci d'une petite voix nerveuse.

— Sache ceci, dit le dieu-tigre. Seul peut pénétrer ici celui qui cache sous ses haillons un cœur pur, tel le diamant brut sous sa gangue!

Gazim eut un geste d'hésitation. Mais, derrière lui, Jafar ordonna:

— Qu'est-ce que tu attends? Entre!

Tremblant de peur, Gazim pénétra dans la caverne. Il avançait avec précaution.

— Grrrrrrr!

Jamais de sa vie Jafar n'avait entendu de grognement aussi effrayant que celui du dieu-tigre. Gazim poussa un cri de frayeur, puis la gueule du dieu-tigre se referma brusquement, le faisant taire à tout jamais.

— Tu dois maintenant aller à la recherche du diamant brut qui se cache sous sa gangue, ordonna le dieu-tigre.

Le rocher se désagrégea lentement pour ne devenir qu'un tas de sable. La lueur des deux moitiés du scarabée faiblit, puis s'éteignit complètement. Iago plongea la tête dans le sable, puis ressurgit en crachant du sable. Il ramassa les deux moitiés du scarabée et revint se poser sur l'épaule de Jafar.

— C'est fichu ! dit Iago. On ne récupérera jamais cette idiote de lampe !

— Patience, Iago, patience ! De toute évidence, Gazim n'avait pas les qualités requises, fit Jafar.

— Comme si tu ne le savais pas ! dit Iago en roulant des yeux. Qu'est-ce qu'on va faire maintenant ?

Mais Jafar se retourna et lui ferma le bec de sa main. Il avait besoin de silence.

— Seul peut pénétrer celui qui... répéta-t-il. Il faut que je déniche cet homme, ce diamant brut qui se cache sous sa gangue. Il le faut !

Le diamant brut sous sa gangue ! Jafar comprenait bien ce que cela voulait dire : une personne ordinaire, pauvre, mal lavée, mais dont le cœur vibre de belles qualités. Il n'y avait qu'un moyen de trouver cette personne ; Jafar avait sa petite idée. Et bientôt son attente prendrait fin.

# CHAPITRE 2

Au voleur ! Arrêtez-le ! Le garde s'époumonnait ainsi à la poursuite d'un garçon pauvrement vêtu, qui se faufilait à travers la place du marché d'Agrabah, encombrée par la foule. Le garçon tenait un pain dans sa main. Un petit singe vêtu d'un gilet et d'un chapeau le suivait.

— Je t'attraperai, fripouille, pouilleux ! s'écria le garde.

Pouilleux ! Les gardes du sultan traitaient avec mépris le pauvre peuple d'Agrabah. Bien sûr, Aladdin volait de la nourriture de temps en temps. Il n'avait pas le choix, car il fallait bien qu'il mange. Mais il n'était pas un pouilleux !

— Viens, Abou ! dit Aladdin à son singe.

Ils grimpèrent sur le toit plat d'une maison voisine, puis sautèrent de toit en toit et atterrirent finalement dans un tas de linge propre. Et là, une grosse paire de mains toutes velues cueillit Aladdin.

C'était Rasoul, le chef des gardes du sultan.

— Je t'ai eu! dit Rasoul en soulevant Aladdin dans ses bras.

Abou sauta sur Rasoul et lui rabattit le turban sur les yeux. Aussitôt Aladdin se dégagea et s'enfuit avec Abou à travers la place du marché.

Soudain Abou s'immobilisa; il fixait des yeux la voiturette d'un marchand de bijoux. Abou, qui avait un faible pour les bijoux, vola un pendentif.

— Arrêtez-le! cria quelqu'un.

Des douzaines de visages se retournèrent. Aladdin regarda tout autour de lui. À leur droite, les gardes se rapprochaient; à leur gauche, la foule en colère resserrait son étau. Aladdin et Abou se précipitèrent dans un escalier qui menait à une haute tour. Ils grimpèrent les escaliers à toute volée, puis pénétrèrent dans la tour par une fenêtre. Aladdin saisit un tapis au passage et s'en servit comme d'un parachute pour sauter avec Abou par une autre fenêtre, située de l'autre côté de la tour. Ils sautèrent et atterrirent sans mal dans une petite allée bien calme, à l'ombre du palais du sultan.

— Enfin, Abou! Nous pouvons manger! dit Aladdin en rompant le pain en deux.

Mais au moment même où il portait le premier morceau à sa bouche, il aperçut dans l'ombre un petit garçon et une petite fille tout maigres, aux grands yeux avides. Aladdin pouvait bien voir qu'ils n'avaient pas mangé depuis plusieurs jours. Il tendit sa part aux enfants.

— Tenez, partagez-le avec nous, dit-il d'une voix douce.

Abou donna sa part à contrecœur. La petite fille sourit et tapota la tête d'Abou. Abou était content.

— Oooh! murmura soudain Aladdin.

Un grand silence s'était abattu sur la place du marché. Au beau milieu avançait un cavalier. Il portait des vêtements taillés dans une soie somptueuse, rehaussée de pierreries. La foule s'écartait et s'inclinait devant lui.

Aladdin sortit du jardin et s'enfonça dans la foule. Tout le monde chuchotait sur le passage du puissant personnage.

— C'est le prince Achmed, dit une femme. Il se rend au palais.

— Encore un prétendant pour la princesse, dit un vieil homme en secouant la tête. Il demandera sa main et elle le repoussera, comme tous les autres.

Soudain, Aladdin aperçut un groupe d'enfants pauvres s'approcher trop près du cheval du prince Achmed. Le cheval rua et les enfants eurent peur.

— Hors de ma vue, petits vauriens! cria le prince.

Fou de colère, Aladdin fendit la foule et s'approcha du prince Achmed en s'écriant:

— Si j'étais aussi riche que vous, je me conduirais mieux que ça.

— Hors de ma vue, pouilleux! Va-nu-pieds!

Le prince Achmed éperonna son cheval et vint frôler Aladdin, qui tomba dans la boue.

Bouillant de rage, Aladdin courut à la poursuite du prince, jusqu'aux portes du palais. Dans un grand fracas, celles-ci se refermèrent devant son nez.

— Je ne suis pas un va-nu-pieds! Et je n'ai pas de poux! cria-t-il devant les portes.

Le soir venu, Aladdin et Abou se hissèrent sur le toit d'un vieil immeuble décrépit. Ils trouvèrent là quelques tapis troués et de vieux coussins tout usés, mais c'était suffisant pour se faire un gîte pour la nuit.

Abou se roula en boule sur un coussin, puis ferma les yeux. Aladdin le couvrit d'un tapis.

— Un jour, Abou, ça changera, dit-il en s'étendant pour dormir. Nous serons riches, nous habiterons un palais. Et plus rien ne nous empêchera d'être heureux.

# CHAPITRE 3

Ouille, ouille, ouille! Le cri provenait de la ménagerie du palais. Bang! La porte claqua contre le mur de la salle du trône.

— Je n'ai jamais été aussi offensé de ma vie! cria le prince Achmed, en colère. Ce sera un miracle si vous arrivez à la marier!

— Mais... Mais... balbutia le sultan.

Le prince sortit par l'autre porte; il avait un grand trou dans le fond de son pantalon.

— Jasmine! dit le sultan d'une voix tonitruante.

C'était un vieil homme plein de tendresse. Une seule personne pouvait ébranler sa belle humeur: sa fille, la princesse Jasmine. Elle était tellement... têtue. Pourtant, tout ce qu'il lui demandait, c'était d'accepter un prince pour époux, comme toutes les princesses du monde.

— Jasmine! dit-il en se dirigeant vers la ménagerie.

Grrrrr! Un éclair orange et noir passa devant ses yeux. Le sultan se retrouva nez à nez avec un tigre qui tenait encore entre les dents le morceau arraché du fond de culotte du prince Achmed.

— Oh, par tous les diables! Radjah, donne-moi ça! dit le sultan en lui enlevant le morceau de pantalon.

— Oh!Père, Radjah ne faisait que s'amuser, dit-elle. Tu ne faisais que jouer avec ce prétentieux de prince Achmed, n'est-ce pas, Radjah?

Jasmine était d'une beauté éblouissante. Mais elle en avait assez de tous ces princes. Si seulement l'un d'entre eux avait pu montrer une petite étincelle d'intelligence, un peu de gentillesse, d'honnêteté, de sens de l'humour...

— Ma chérie, dit le sultan en hochant la tête, tu dois cesser de repousser chaque nouveau prétendant. La loi exige que tu sois mariée d'ici ton prochain anniversaire. Il ne te reste que trois jours.

— La loi est méchante! répliqua Jasmine. Père, si je me marie, je veux que ce soit par amour.

— Il n'y a pas que la loi à considérer, dit le sultan d'une voix douce. Je ne serai pas toujours là; je veux seulement m'assurer que quelqu'un sera là pour s'occuper de toi.

— Mais je n'ai jamais rien fait par moi-même! Je n'ai jamais eu de véritables amis, sauf Radjah, dit Jasmine. Je n'ai encore jamais franchi les murs de ce palais!

— Enfin, Jasmine, tu es une princesse! dit le sultan.

— Alors je ne veux plus en être une!

— Ooooooh! fit le sultan découragé.

Il retourna dans la salle du trône. Une ombre se dressa derrière lui. C'était l'homme au turban pointu, toujours avec son perroquet sur l'épaule. Dans sa main droite, il tenait une longue canne au pommeau sculpté en forme de tête de serpent.

— Ah, Jafar, le plus sage de tous mes conseillers! dit-il. J'ai désespérément besoin de tes lumières.

— Je ne vis que pour vous servir, Seigneur, dit Jafar.

— Jasmine refuse de se choisir un mari, dit le sultan.

— Ark! Refuse, répéta Iago.

Le sultan tendit la main vers un bol de porcelaine et en retira un biscuit.

— Tu veux un biscuit? demanda-t-il.

Si Iago détestait une chose, c'était bien les biscuits. Il faillit s'étouffer.

— Sa Majesté sait vraiment s'y prendre avec les animaux stupides, remarqua Jafar. Cela dit, je crois qu'il y a une solution à cet épineux problème; mais il nous faudra le diamant bleu magique.

Le sultan porta la main à la bague qui ornait son doigt.

— C'est un bijou de famille qui se transmet depuis des générations, dit-il en protestant.

Jafar brandit sa canne devant les yeux du sultan. Les yeux du serpent se mirent à briller.

— Il faut trouver un prétendant pour la princesse? dit Jafar. N'ayez crainte... tout ira très bien.

Le sultan ne pouvait détacher ses yeux de la tête du serpent. Il perdait toute forme de volonté.

— Tout ira bien, dit-t-il en tendant sa bague à Jafar.

— Sa Majesté est vraiment trop gentille, dit Jafar. Maintenant allez faire joujou, Altesse, d'accord?

— Oui, oui... fit le sultan, comme un somnambule.

Jafar quitta la salle du trône. Il traversait un couloir quand Iago se mit à cracher ses biscuits.

— Je ne peux plus supporter cela! dit Iago. Si jamais il me force encore une seule fois à avaler un de ces biscuits dégoûtants, je le réduis en bouillie...

— Du calme, Iago, dit Jafar. Le diamant bleu va nous servir à trouver le diamant brut qui se cache sous sa gangue. Et nous aurons trouvé l'homme qui peut entrer dans la caverne et nous rapporter la lampe.

— Bientôt, ce sera moi, le sultan! dit Jafar, en entrant dans ses appartements.

— Et moi, je lui ferai avaler ces biscuits! fit Iago.

Jafar monta jusqu'à son laboratoire secret par un escalier dérobé. Sur une vieille table se trouvait un énorme sablier.

Au petit matin, Jasmine rampa jusqu'aux remparts du palais, suivie de Radjah.

— Oh! pardon, Radjah, dit Jasmine. Je ne peux plus rester ici; je dois vivre ma vie.

Les larmes lui montaient aux yeux. C'était déjà très dur de quitter son père. Mais c'était encore plus dur qu'elle ne l'avait imaginé de supporter le regard triste de Radjah. Malgré cela, elle grimpa sur le dos du tigre pour se hisser sur le mur du jardin. Arrivée au sommet, elle fit une pause.

— Tu vas me manquer, Radjah. Adieu, dit-elle.

Puis elle sauta de l'autre côté. Elle était maintenant dans le pays de ses sujets. Et elle n'avait jamais visité ce pays.

# CHAPITRE 4

Le petit déjeuner est servi, Abou! dit Aladdin tout en ouvrant un beau melon bien mûr. La place du marché était grouillante d'activité. Aladdin observait une jeune fille. Il était fasciné. C'était peut-être son regard si doux ou ses cheveux, qui tombaient comme une cascade de soie sombre, ou la perfection de sa peau, ou... Aladdin rougit. Il n'avait jamais regardé une jeune fille de cette façon. Mais celle-ci était différente des autres.

Jasmine aperçut un petit garçon pauvrement vêtu, figé devant un étalage de fruits.

— Tu as faim, n'est-ce pas? dit-elle en prenant une pomme. Tiens, prends.

— Tu vas me payer cette pomme! dit le marchand.

— Payer? s'écria Jasmine, qui ne comprenait pas, car elle n'avait jamais rien payé de sa vie. Je suis désolée, monsieur, je n'ai pas d'argent; mais je suis sûre que le sultan va m'en donner...

— Voleuse ! dit le marchand, un sabre à la main. Sais-tu ce que cela coûte de voler ?

— Merci, mon bon monsieur ; je suis si heureux que vous ayez retrouvé ma sœur ! dit Aladdin.

Et se tournant vers Jasmine, il dit d'un ton de réprimande :

— Je t'ai cherchée partout !

Puis en chuchotant, il dit à Jasmine :

— Fais semblant !

— Tu connais cette fille ? demanda le marchand. Elle a dit qu'elle connaissait le sultan.

Alors Jasmine s'inclina devant Abou et dit :

— Ô sage Sultan, que puis-je faire pour vous ?

— Maintenant viens, petite sœur, dit Aladdin. On va aller voir le docteur.

Pendant que le marchand regardait Jasmine et Aladdin s'éloigner, Abou vola quelques pommes dans l'étalage et les fourra dans son gilet.

— Bonjour, docteur ! dit Jasmine à un chameau.

— Non, non, pas celui-là, dit Aladdin. Viens, petite sœur. Et toi aussi, viens, Sultan !

Abou gonfla la poitrine pour imiter le sultan, mais trois pommes tombèrent de son gilet.

— Attendez que je vous rattrape, petits voleurs ! cria le marchand, rouge de colère.

Ils s'enfuirent tous les trois à toutes jambes.

Au palais, Jafar était secoué d'un rire diabolique. Une vapeur bleue qui s'élevait doucement d'une marmite bouillonnante l'enveloppait. Il posa le diamant bleu au-dessus d'un énorme sablier.

— Divise-toi, ô sable du temps ! fit-il. Dis-moi qui peut pénétrer dans la Caverne !

Il retourna le sablier. Alors, dans un grand fracas, un éclair jaillit du nuage et vint frapper le diamant, qui se mit à étinceler de tous ses feux.

Le sable du sablier se mit à briller et à tourbillonner. Une image se dessina peu à peu : on pouvait reconnaître Aladdin qui courait à travers la place du marché.

— C'est lui que nous attendons ? demanda Iago.

— Oui, un va-nu-pieds. Personne ne s'apercevra de sa disparition ! dit Jafar.

Jasmine, Aladdin et Abou s'enfuirent par les toits. Quand ils arrivèrent chez eux, Jasmine demanda :

— C'est ici que tu habites ?

— Oui, avec Abou, répondit Aladdin. Ce n'est pas très luxueux, mais la vue est magnifique, dit-il en pointant le palais du doigt. Je me demande comment on y vit, avec des serviteurs...

— Et des gens pour vous dire quoi faire, dit Jasmine.

— La vie doit y être plus facile qu'ici, dit Aladdin.

— Ne jamais pouvoir faire ce que l'on veut, dit Jasmine. Toujours se sentir...

— Piégé ! dirent-ils en même temps.

Leurs regards se croisèrent. Aladdin prit une des pommes d'Abou et la donna à Jasmine.

— Mais d'où viens-tu donc ? demanda-t-il.

— C'est sans importance, répondit Jasmine. Je me suis échappée de chez moi parce que mon père veut me forcer à me marier.

— C'est affreux ! s'exclama Aladdin.

Leurs regards se croisèrent encore une fois. Qui était donc cette mystérieuse jeune fille ? se demandait Aladdin.

Abou poussait des cris d'énervement, mais Aladdin n'y prêtait pas attention.

— Vous voilà ! dit une voix tonitruante.

Au pied de la maison se trouvaient les gardes du sultan, le sabre à la main.

— Ils veulent m'attraper ! s'écrièrent Jasmine et Aladdin à l'unisson.

Ils se regardèrent tous les deux, surpris, et dirent encore ensemble :

— Ils veulent t'attraper, toi ?

Mais ils n'avaient pas le temps de chercher à comprendre.

— Tu me fais confiance ? demanda-t-il à Jasmine en la prenant dans ses bras.

— Mais... Oui, répondit-elle.

— Alors saute !

Jasmine, Aladdin et Abou sautèrent du toit. Ils tombèrent dans un tas de foin, puis se remirent sur leurs pieds. Aladdin était prêt à s'enfuir en courant. Mais il était trop tard, car Rasoul le dominait de sa haute taille, l'air content de lui.

— Comme on se retrouve, va-nu-pieds ! Tu vas aller au cachot, mon garçon !

— Laisse-le tranquille ! dit Jasmine en s'interposant.

— Tiens donc, une va-nu-pieds ! dit Rasoul.

Il fit tomber Jasmine par terre. Elle se remit sur ses pieds et, d'un geste royal, fit tomber son voile :

— Lâche-le, par ordre de la princesse !

— La princesse ? répéta Aladdin.

Les gardes restèrent figés de surprise.

— Princesse Jasmine ? dit Rasoul. Que... que faites-vous donc hors du palais ?

— Fais ce que je te dis, dit Jasmine. Lâche-le !

— J'aimerais bien, Princesse, répondit Rasoul, mais j'ai des ordres de Jafar. Vous vous arrangerez ensuite avec lui, dit-il en lâchant Aladdin.

— Je n'y manquerai pas, soyez-en sûr ! dit Jasmine.


De retour au palais, Jasmine se précipita dans les appartements de Jafar.

— Princesse, dit-il, que puis-je faire pour vous ?

— Jafar, dit Jasmine, vous avez ordonné à vos gardes d'arrêter un garçon sur la place du marché.

— Ce garçon est un criminel, répondit Jafar. Il a essayé de vous enlever.

— Il ne m'a pas enlevée ! dit Jasmine. Je me suis enfuie moi-même !

— Oh ciel, chère Princesse, quelle méprise ! dit Jafar en fronçant les sourcils. Si seulement j'avais su...

— Que voulez-vous dire ? demanda Jasmine.

— Malheureusement, la sentence du garçon a déjà été exécutée.

— Quelle sentence ? demanda Jasmine.

— La mort par décapitation, répondit Jafar.

— Comment avez-vous pu oser ? fit Jasmine.

Elle sortit et se rendit immédiatement dans la ménagerie. Radjah sautait de joie autour d'elle, mais

Jasmine ne s'en occupa pas. Elle s'effondra au bord d'une fontaine et se mit à pleurer.

«As-tu confiance en moi?» lui avait demandé le garçon. Oui, elle avait confiance en lui. Ce garçon n'était pas comme les autres : amusant, gentil, chaleureux...

— Oh! Radjah, dit-elle. Tout est ma faute. Et je ne sais même pas son nom.

# CHAPITRE 5

Jamais aucun prisonnier ne s'était échappé du cachot du palais. Aladdin tirait sur ses chaînes, mais elles étaient solidement fixées au mur.

Jafar avait menti. Aladdin était encore vivant...

— C'était la princesse ! se dit Aladdin. Incroyable !

Un petit singe apparut entre les barreaux de la fenêtre de la prison.

— Abou ! cria Aladdin tout excité. Descends !

Abou sauta par terre. Il avait l'air fâché et couinait avec mécontentement, tout en imitant la démarche d'une jeune fille.

Aladdin comprit sans difficulté qu'il se faisait réprimander pour avoir eu trop d'égards envers Jasmine.

— Écoute, il fallait bien que je l'aide, dit-il. De toutes façons je ne la reverrai plus jamais. Je ne suis qu'un va-nu-pieds, tu le sais bien. Et puis, elle doit épouser un prince, c'est la loi.

Abou retira une grosse aiguille de la poche de son gilet et libéra Aladdin de ses chaînes.

— Je suis fou! dit Aladdin.

— Si tu abandonnes, tu es fou, dit une voix chevrotante.

Aladdin se retourna et aperçut, surgissant de l'ombre, un vieil homme à moitié édenté. Il était bossu et avait une longue barbe blanche qui descendait jusqu'à terre.

— Qui êtes-vous? demanda Aladdin.

— Je suis un pauvre prisonnier, comme toi; mais peut-être qu'à nous deux on pourrait faire quelque chose. Je connais une caverne qui recèle un trésor assez fabuleux pour impressionner ta princesse.

Au mot de trésor, les yeux d'Abou se mirent à briller. Ni Aladdin ni Abou ne virent Iago se sortir la tête dans le dos du vieil homme.

— Jafar, fais-vite! chuchota Iago. Je suis en train d'étouffer là-dedans!

— Mais, selon la loi, elle doit épouser un prince, dit Aladdin.

— Connais-tu la règle d'or? demanda Jafar. Quiconque a de l'or établit les règles!

— Mais pourquoi partageriez-vous ce trésor avec moi? dit Aladdin.

— Parce que j'ai besoin de ta jeunesse, de ta vigueur et de ton agilité pour l'obtenir, répondit Jafar.

Jafar se dirigea vers l'un des murs du cachot et poussa l'une des pierres. Lentement, un pan de mur complet s'ouvrit sur un passage secret.

Il faisait nuit noire quand ils arrivèrent enfin en vue de la Caverne aux Merveilles. Jafar prit les deux moitiés du scarabée et les fit s'emboîter à nouveau.

Bouche bée, Aladdin regardait le gigantesque dieu-tigre surgir de terre.

— Qui ose venir déranger mon repos? dit la voix tonitruante.

— Euh... c'est moi, Aladdin.

— Alors entre, dit encore la voix. Mais ne touche à rien d'autre qu'à la lampe.

— Dépêche-toi, mon garçon, dit Jafar. Va chercher la lampe, et après tu auras ta récompense.

Aladdin descendit dans la gueule du dieu-tigre avec Abou. Au pied de l'escalier, il y avait des montagnes de pièces d'or, de bijoux, de plats, de bols, de gobelets, de coffrets.

— Abou! s'exclama Aladdin. Tu ne touches à rien! Il faut trouver la lampe.

Abou s'éloigna du coffre en maugréant. Soudain, il sentit un mouvement dans son dos. Rien! Juste un tapis orné de glands de fils d'or. Abou vint rejoindre Aladdin. Mais il sentit qu'on lui tapait sur l'épaule et qu'on lui enlevait son chapeau; il se retourna encore une fois. Le tapis avait marché derrière lui!

— Hiiiiiii! cria Abou, en sautant dans les bras d'Aladdin.

Effrayé par ce cri, le tapis alla se réfugier près d'un grand tas de pièces d'or.

— Ça suffit, Abou! dit Aladdin.

Mais Aladdin aperçut un gland qui dépassait et qui

soudain se cacha derrière le tas de pièces. Il se rapprocha pour mieux voir. Le tapis recula un peu.

— Un tapis volant! dit-il. Viens! On ne te fera pas de mal!

Abou saisit son chapeau et se mit à gronder le tapis. Le tapis s'éloigna, la mine basse.

— Hé! Attends un peu! dit Aladdin. Tu pourrais peut-être nous aider à trouver la lampe...

Le tapis se mit à indiquer une direction.

— Tu vois! Il sait où elle est, dit Aladdin.

Le tapis s'éleva au-dessus du sol et se mit à voler dans les airs. Aladdin et Abou le suivirent dans une seconde caverne.

Elle était très vaste. Un lac couleur de turquoise en couvrait le fond. Au centre, il y avait une tour de pierres de taille, qui n'était reliée au bord du lac que par quelques pierres éparses. Au sommet de la tour se trouvait un petit objet, éclairé par un rayon de lumière surnaturelle. La distance était trop grande pour bien voir, mais Aladdin savait que ce devait être la lampe.

— Attendez-moi ici, dit Aladdin à Abou et au tapis. Et n'oubliez pas: vous ne devez toucher à rien.

Aladdin sauta d'une pierre à l'autre jusqu'au pied de la tour. Soudain le socle de pierre à la base de la tour se transforma en escalier.

Aladdin gravit les marches et prit la lampe dans ses mains.

«C'est ça? se dit-il. On a franchi tous ces obstacles pour ça?»

Du coin de l'œil, il aperçut Abou et le tapis. Ils se trouvaient devant une grande statue qui tenait dans sa main un énorme rubis. Abou allait s'en saisir, quand Aladdin cria :

— Abou, non !

Mais il était trop tard. Abou avait pris le rubis. Le sol se mit à trembler et la voix du dieu-tigre retentit.

— Infidèles ! Vous avez touché aux trésors défendus ! Vous ne reverrez jamais plus la lumière du jour ! Vous allez mourir !

Le rubis se mit à fondre dans la main d'Abou. Il eut peur et le remit dans la main de la statue.

Mais le mal était déjà fait. L'escalier se déroba sous les pieds d'Aladdin. Aladdin eut encore le temps d'attraper la lampe, puis il tomba dans le vide. Le lac se transforma en une mare de lave bouillonnante. Mais le tapis vint attraper Aladdin et l'emmena loin de l'abîme ! La caverne fut secouée par un grand tremblement. Aladdin se cramponnait au tapis. Celui-ci se faufilait entre les grosses pierres qui tombaient du plafond. Aladdin cherchait Abou des yeux ; soudain, il entendit un cri, tout en bas.

— Hiiiii !

Abou était là, hurlant de peur. Le tapis descendit à toute vitesse. Aladdin attrapa Abou et ils s'enfuirent tous les trois vers l'entrée de la caverne. Le tapis remonta l'escalier, talonné par une langue de lave. Ils pouvaient déjà apercevoir la nuit étoilée par l'entrée de la caverne. Encore quelques mètres...

Boum ! Un roc s'abattit sur le tapis et le plaqua au sol. Aladdin et Abou tombèrent dans l'escalier. Découragé, Aladdin regarda le tapis ; il ne pouvait rien faire pour le sauver. Il ne savait même pas comment il allait faire pour s'en sortir lui-même.

Il pouvait apercevoir l'entrée de la caverne. Abou gravit les escaliers et se retrouva à l'air libre.

Aladdin le suivit comme il put, mais les escaliers se mirent à trembler. Il perdit pied. Il se remit debout et se précipita vers le haut de l'escalier. Mais l'escalier s'effondra sous lui.

— À l'aide! cria-t-il. Je vais tomber!

— Donne-moi d'abord la lampe! dit Jafar, toujours déguisé en mendiant.

Aladdin la lui tendit.

— Enfin! cria Jafar, en brandissant un poignard.

— Que faites-vous? cria Aladdin.

— Je te donne ta récompense! répondit Jafar. Ta récompense pour l'éternité!

Abou sauta sur Jafar et le mordit au bras.

— Aïe! hurla Jafar.

Jafar laissa tomber le poignard. D'un geste de rage, il envoya Abou revoler dans la caverne. Aladdin lâcha prise. Avec Abou, il déboula dans la caverne, dont les murs s'effondrèrent complètement.

# CHAPITRE 6

Quand Aladdin se réveilla, il était étendu sur le plancher de la caverne. L'incendie s'était éteint et la lave s'était retirée. Aladdin s'assit. Au-dessus de sa tête, il n'apercevait plus l'entrée de la caverne.

— Nous sommes prisonniers! dit-il. Le traître, le chacal! De toute façon, il doit déjà être loin d'ici avec la lampe.

Abou sauta sur ses pieds. Quelque chose faisait gonfler l'avant de son gilet. Aladdin était sûr que c'était un bijou volé. Mais Abou plongea une main dans son gilet et en ressortit l'objet qu'il y cachait. Aladdin n'en croyait pas ses yeux: c'était la lampe!

— Comment se fait-il, petit voleur? dit Aladdin.

Il prit la petite lampe tout usée et l'examina attentivement.

— Il y a une inscription, mais elle est difficile à lire.

Aladdin frotta la lampe. Il frottait de plus en plus fort, quand la lampe se mit à briller.

Il cria d'étonnement. Abou et le tapis reculèrent de peur. Puis... Pouffffff! Une fumée colorée jaillit du bec de la lampe. Elle se mit à tourbillonner, puis à former un nuage bleu. Lentement le nuage se transforma; il avait des bras, puis une poitrine, une tête, un visage, une longue barbe noire et frisée.

— Dix mille ans, ça vous donne un de ces torticolis! dit la créature bleue en se dévissant la tête comme un bouchon. Oh! la! la! Ça fait du bien de sortir de là! Content d'être revenu parmi vous! Bonjour! Comment t'appelles-tu?

— Euh... Aladdin!

— Bonjour, Aladdin!

— Dis donc, tu es beaucoup plus petit que mon ancien maître! dit la créature.

— Comment ça? dit Aladdin. Je suis ton maître?

— Bien sûr! Et je suis le génie de la lampe, le seul et le vrai! Prêt à répondre à tous tes désirs! Pour être plus précis, tu disposes de trois souhaits; pas un de plus. Et pas le droit de souhaiter d'avoir d'autres souhaits!

— Trois souhaits? dit Aladdin. Tout ce que je désire en trois souhaits?

— Euh, enfin presque, répondit le génie. Il y a quand même quelques restrictions. Règle numéro un: je ne peux tuer personne. Règle numéro deux: je ne peux pas rendre une personne amoureuse d'une autre. Règle numéro trois: je ne peux ressusciter les morts. À part ça, tu peux y aller!

Aladdin trouvait ce génie bien sympathique. Il décida de le taquiner un peu.

— Des exceptions à ton pouvoir? dit-il en soupirant.

Ce doit être dur à accepter, pour un génie tout-puissant !
Je me demande, Abou, s'il est seulement capable de
nous faire sortir de cette caverne.

Le génie posa les mains sur ses hanches.

— Dis donc, toi ! Tu ne me crois pas ?

Il sauta sur le tapis et ramassa Aladdin et Abou dans
ses gigantesques mains.

— Tu vas voir de quoi je suis capable. Assieds-toi et
nous allons sortir d'ici.

Il les déposa sur le tapis, puis agita son bras au-dessus
de sa tête. Il y eut un grand coup de tonnerre, et le
plafond de la caverne s'ouvrit sur le ciel. Le tapis se mit
à monter dans un mouvement de spirale. Aladdin
s'agrippait ; le génie éclata d'un grand rire tonitruant.
Aladdin éclata de rire aussi. Il était libre ! Et il avait
encore ses trois souhaits à formuler...

# CHAPITRE 7

J afar, tu es allé trop loin! cria le sultan. Désormais tu discuteras de la sentence des prisonniers avant de les faire décapiter!

La princesse Jasmine aussi avait l'air fâchée.

— Toutes mes excuses à tous les deux, dit Jafar.

— Je vais gagner au moins une chose en me mariant, même si c'est par obligation, dit Jasmine. Quand je serai reine, il sera en mon pouvoir de me débarrasser de toi, Jafar!

Sur ces mots, elle partit vers la ménagerie.

— Jasmine! appela le sultan en courant derrière elle.

— Si seulement j'avais pu m'emparer de la lampe! grommela Jafar entre ses dents.

— Et il va falloir faire des courbettes devant cet imbécile de sultan et son imbécile de fille toute notre vie! dit Iago.

— Jusqu'à ce qu'elle trouve un imbécile à épouser! dit Jafar. Et alors elle nous fera bannir de la cour... ou elle nous fera pendre!

— J'ai une idée, Jafar! dit Iago. Si tu épousais la princesse, tu deviendrais le sultan, n'est-ce pas?

— Hum, hum! fit-il. Ce n'est pas bête!...

— Tu trouves aussi? dit Iago. Et après, on jette beau-papa et sa fille en bas d'une falaise.

— J'aime bien ton petit esprit tordu, dit Jafar.


Dans une oasis juste à la sortie d'Agrabah, le tapis vint atterrir sur le sable.

— Me crois-tu, maintenant? demanda le génie.

— Pas tout à fait! dit Aladdin. Mes trois souhaits...

— Trois? dit le génie. Tu en as déjà dépensé un!

— Mais, je n'ai pas formulé le souhait de sortir de la caverne, dit Aladdin. C'est toi qui as fait ça tout seul!

— Tu as raison, dit-il en riant. Tu as gagné. Mais je ne me ferai pas prendre deux fois!

— Hummmmm... trois souhaits... Qu'est-ce que tu souhaiterais, toi?

— Moi? Personne ne m'a jamais demandé ça. Je crois que je souhaiterais la liberté, dit-il.

— Tu veux dire que tu es prisonnier? demanda Aladdin.

— Ça fait partie de la panoplie du parfait génie!

— Être un génie, c'est terrible alors! dit Aladdin.

— Être libre, être mon propre maître! Ce serait plus merveilleux que de posséder tous les trésors et toute la magie du monde entier, dit le génie. Mais, vois-tu, la seule façon de m'en sortir, ce serait que mon maître en formule le souhait.

Le malfaisant Jafar va assembler les deux moitiés du scarabée antique, ce qui lui permettra de trouver la Caverne aux Merveilles et la lampe qui s'y trouve enfouie.

Fatiguée de ne pouvoir vivre sa vie à sa guise, la princesse Jasmine, fille du sultan, confie à son tigre apprivoisé Radjah son désir de fuir hors du palais.

Aladdin prend le petit déjeuner avec son singe apprivoisé, Abou.

Aladdin montre à sa nouvelle amie la vue sur le palais du sultan, que la princesse n'apprécie guère.

Déguisé en vieux mendiant, Jafar promet à Aladdin de lui donner les trésors de la Caverne aux Merveilles s'il lui rapporte la lampe magique.

Dans la Caverne aux Merveilles, Abou se fait suivre par un tapis volant !

Aladdin arrive au haut de la tour, où il découvre la petite lampe que Jafar l'a envoyé chercher.

Aladdin lui a bien dit de ne toucher à rien, mais Abou ne peut résister à un rubis géant.

Aladdin réussit à attraper la lampe juste avant que les murs de la Caverne et l'escalier sous ses pieds ne commencent à s'écrouler.

Aladdin frotte la lampe et, à sa grande surprise, un gigantesque génie à la peau bleue en sort et lui offre trois souhaits.

Le génie fait la démonstration de ses talents à Aladdin, à Abou et au tapis.

Le génie explique à Aladdin que la panoplie du parfait génie comprend un pouvoir cosmique phénoménal, mais aussi un minuscule quartier général.

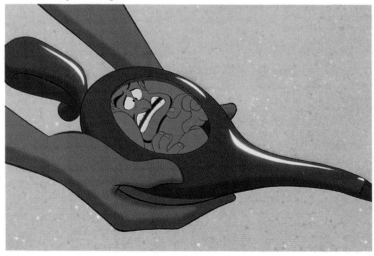

Aladdin voit son premier souhait se réaliser : il est le prince Ali.

Abou ne se reconnaît pas en éléphant.

Jafar utilise sa canne à pommeau de tête de serpent pour
hypnotiser le sultan.

Le prince Ali a fière allure lorsqu'il entre dans la salle du trône sur
le dos de l'éléphant.

— Je vais arranger ça, dit Aladdin. Je vais te rendre ta liberté.

— J'aimerais beaucoup, dit le génie.

— Je suis sérieux, dit Aladdin. Je te promets que, après avoir utilisé mes deux premiers vœux, je garderai le troisième pour te libérer.

— D'accord, dit le génie. Mais toi, que veux-tu souhaiter?

— Eh bien, dit Aladdin, il y a cette jeune fille...

— Pas permis! Je ne peux pas rendre une personne amoureuse d'une autre, rappelle-toi!

— Mais, Génie, elle est belle, intelligente, spirituelle, dit Aladdin. Évidemment, c'est la princesse... Dans ces conditions, il vaudrait mieux que je sois...

Voilà! Il avait trouvé son premier souhait!

— Pouvez-vous faire de moi un prince? demanda Aladdin.

— C'est un vrai souhait, cette fois-ci? Alors, la formule magique... dit le génie.

— Génie, je souhaite que tu fasses de moi un prince, dit Aladdin.

— D'accord! dit le génie en se mettant à tourner autour d'Aladdin.

En balayant l'air de son bras, il fit apparaître une somptueuse robe de soie et un turban rehaussé d'une pierre précieuse et d'un ruban d'or.

— Ohhh! J'adore ça! s'exclama le génie.

— Magnifique! dit Aladdin.

Il avait du mal à le croire. Lui, un prince! Plus personne ne le traiterait de va-nu-pieds. Il saisit la lampe et la cacha dans son turban.

— Qu'allons-nous faire de toi? demanda le génie en regardant Abou. Excuse-moi, petit singe!

D'un claquement de doigts, le génie le changea en chameau.

— Non... ce n'est pas ça! dit le génie en claquant des doigts encore une fois.

Et Abou se changea en un splendide étalon.

— Non... ce n'est pas encore ça! dit le génie en claquant des doigts pour la dernière fois.

Et Abou se transforma en éléphant.

— Quelle entrée remarquée tu feras dans Agrabah! dit-il enfin.

Aladdin était complètement abasourdi. Le génie était content de lui.

# CHAPITRE 8

Jafar entra précipitamment dans la salle du trône, un grand rouleau de papyrus à la main.

— Grand Sultan! dit-il. J'ai trouvé la solution au problème de votre fille! Elle se trouve là-dedans.

Jafar déroula le papyrus et se mit à lire:

«Si une princesse n'a pas choisi un mari
avant le jour anniversaire de ses seize ans,
alors le sultan doit en choisir un pour elle!»

— Mais Jasmine a détesté tous ceux qu'elle a vus, dit le sultan. Comment pourrais-je choisir quelqu'un d'idiot pour elle?

— Attendez! Ce n'est pas tout, dit Jafar en déroulant encore le papyrus. Advenant le cas où aucun prince n'aura pu être trouvé, la princesse pourra épouser... Hummmmm! Étonnant!...

— Quoi? demanda le sultan. Qui?

— Le Grand Vizir royal, dit Jafar en levant les yeux. Ce qui voudrait dire moi!

— Mais je croyais que, selon la loi, seul un prince pouvait épouser la princesse, dit le sultan en s'approchant pour lire lui-même le papyrus.

— Les cas difficiles appellent des mesures désespérées, Majesté, dit Jafar en saisissant sa canne à tête de serpent.

La tête du serpent se mit à briller.

— Oui... dit le sultan, les yeux dans le vague. Des mesures désespérées !...

— Vous allez donner l'ordre à la princesse de m'épouser, lui dit Jafar au creux de l'oreille.

— Je vais donner l'ordre à la princesse de...

Taratata ! Le son des trompettes parvenait jusqu'à eux.

— Qu'est-ce que c'est, cette musique ? dit le sultan.

Le charme était rompu. Le sultan se précipita à la fenêtre pour voir ce qui se passait. Jafar le suivit. Un cortège descendait la grand-rue et la foule envahissait les rues adjacentes.

— Faites place au prince Ali Ababoua ! claironnait le héraut en tête du cortège.

Il était suivi d'un magnifique éléphant, sur le dos duquel se trouvait Aladdin. Un murmure d'admiration parcourut la foule. Autour de l'éléphant, il y avait des danseurs, des gardes armés de sabres et des douzaines de serviteurs. Aladdin entra dans la salle du trône. Sous les regards étonnés du sultan et de Jafar, il descendit de l'éléphant sur le tapis.

— Noble Sultan ! dit Aladdin. Je viens d'un pays lointain pour demander la main de votre fille.

— Prince Ali Ababoua ! dit le sultan avec un grand

sourire. Je suis ravi de faire votre connaissance. Voici mon Grand Vizir, Jafar.

Jafar n'avait pas l'air content du tout.

— Je crains, Prince Aboubou...

— Ababoua, le corrigea Aladdin.

— Quoi qu'il en soit, dit Jafar, vous ne pouvez pas arriver ici, en grande pompe, sans invitation et...

— Voici une invention tout à fait remarquable ! s'exclama le sultan. Puis-je l'essayer ?

— Bien sûr, Majesté ! dit Aladdin.

Il aida le sultan à monter sur le tapis. Celui-ci s'envola avec le sultan et fit le tour de la salle. Le sultan était ravi. Puis le tapis atterrit et le sultan en descendit.

— Eh bien ! Ce jeune homme a toutes les qualités. Et il est prince de surcroît. Si tout va bien, tu ne seras pas obligé d'épouser Jasmine, dit-il à Jafar à voix basse.

— Je n'ai pas confiance en lui, dit Jafar.

Le sultan fit mine de ne pas avoir entendu.

— Oui, Jasmine va sûrement l'aimer.

— Et je suis sûr que je vais aimer la princesse Jasmine, dit Aladdin.

— Grand Sultan ! dit Jafar. Pour le bien de Jasmine, je dois dire...

— Laissez-la venir me rencontrer, dit Aladdin. Je suis sûr que je saurai la conquérir.

Personne n'avait remarqué que Jasmine était déjà entrée, accompagnée de Radjah.

— De quel droit osez-vous ? dit-elle. Vous êtes là, à décider de mon avenir. Je ne suis pas un prix à gagner !

Et elle sortit. Aladdin était découragé. Il avait pensé qu'elle l'aimerait en prince.

— Ne vous en faites pas, Prince Ali, dit le sultan. Laissez-lui le temps de se calmer.

Aladdin et le sultan se rendirent à la ménagerie.

— Je crois qu'il est temps de dire au revoir au prince Aboubou... dit Jafar à Iago.

# CHAPITRE 9

Aladdin attendit toute la journée dans la ménagerie. La chambre de Jasmine se trouvait juste au-dessus, mais la princesse refusait de se montrer au balcon. Quand la nuit tomba, Aladdin commença à désespérer.

— Que vais-je faire? gémit-il.

— D'accord! dit le génie, qui était plongé dans une partie d'échec avec le tapis. Voici ce qu'il faut faire: être toi-même.

— Pas question! dit Aladdin. Si Jasmine découvre que je suis un va-nu-pieds, elle se moquera de moi. Je monte chez elle comme ça. Je dois me montrer souple, détendu, sûr de moi...

Le génie sentait bien que ça ne marcherait pas. Le tapis vint se placer sous les pieds d'Aladdin et l'emmena jusqu'au balcon.

— Princesse Jasmine? appela-t-il.

— Qui est là? demanda Jasmine.

— C'est moi, dit Aladdin. C'est le prince Ali Ababoua.

— Je ne souhaite pas vous rencontrer! répondit Jasmine.

— Je vous en prie, Princesse! dit Aladdin.

— J'ai l'impression de vous avoir déjà vu quelque part, dit Jasmine. Mais oui! Tu es le garçon du marché!

— Au marché? dit Aladdin en se cachant dans l'ombre. Impossible! Ce sont mes serviteurs qui vont au marché.

— Je me suis probablement trompée, dit Jasmine.

Une abeille vint bourdonner aux oreilles d'Aladdin. Il allait la tuer quand elle se mit à parler; c'était la voix du génie.

— Parle-lui de ses charmes maintenant, dit-il.

— Princesse, vous êtes... euh... très belle, dit Aladdin.

— Et riche aussi, dit-elle. Et la fille d'un sultan.

— Je sais, dit Aladdin en souriant.

— Un beau parti pour un prince, dit-elle moqueuse.

— Oui! Surtout pour un prince comme moi!

— Oui! Surtout pour un prince comme toi! répéta Jasmine. Et aussi comme tous les autres prétentieux qui se sont présentés devant moi! Hors de ma vue! dit-elle en rentrant dans sa chambre.

— Ne la laisse pas partir comme ça! dit le génie. Rappelle-toi: tu dois être toi-même.

— Tu as raison! marmonna Aladdin.

— Pardon? dit Jasmine.

— Euh... je disais que vous aviez raison! dit Aladdin en soupirant. Vous n'êtes pas un prix à gagner. Vous devriez être libre de choisir qui vous voulez.

Découragé, Aladdin la quitta. Il grimpa sur la rampe du balcon et se jeta dans le vide.

— Non! cria Jasmine.

Mais Aladdin n'était pas tombé jusqu'au sol; il flottait au milieu des airs.

— Comment fais-tu? dit Jasmine tout étonnée.

— C'est... euh... un tapis volant, dit Aladdin.

— Qu'il est joli, ce tapis volant! dit Jasmine.

— Voulez-vous faire un petit tour? dit Aladdin. Nous pourrions partir à la découverte du monde...

— C'est sans danger? demanda Jasmine.

— Bien sûr! dit Aladdin en lui tendant la main. Vous me faites confiance?

«Vous me faites confiance?... Tu me fais confiance?» Jasmine croyait avoir déjà entendu cette phrase.

— Oui! répondit-elle en prenant sa main.

Elle sauta sur le tapis et ils s'envolèrent. Elle perdit l'équilibre et tomba dans les bras d'Aladdin. Celui-ci rougit de plaisir en la sentant s'abandonner dans ses bras.

Le tapis vola au-dessus du palais. Agrabah s'étendait au-dessous d'eux, comme un champ de lumières. Le tapis passa devant les pyramides, puis traversa un verger; Aladdin cueillit un fruit pour la princesse. Le même geste, le même sourire, la phrase: «Vous me faites confiance?» Tout cela rappelait à Jasmine le jeune homme sur la place du marché. Était-ce possible? Elle décida d'en avoir le cœur net. Le tapis les déposa finalement sur le toit d'une grande pagode. On pouvait voir des feux d'artifice dans le lointain.

— C'est tellement... magique! dit Jasmine. Dommage qu'Abou ait manqué cela.

— Non, dit Aladdin. Il déteste les feux d'artifice. Et puis, il n'aime pas tellement voler non plus...

Aladdin s'arrêta avant la fin de sa phrase.

— C'est donc toi! cria Jasmine. Pourquoi m'as-tu menti? Pensais-tu vraiment que je ne me rendrais compte de rien?

— Non! C'est-à-dire que j'espérais que vous ne le découvririez pas. Non, ce n'est pas ce que je voulais dire.

Aladdin bafouillait; son estomac se nouait. Il ne pouvait quand même pas lui dire la vérité!

— Euh... en fait, je m'habille parfois comme un garçon du peuple, pour échapper aux pressions de la vie princière. C'est cela. Mais, en réalité, je suis le prince Ali Ababoua.

— Pourquoi ne pas l'avoir dit dès le début? répondit Jasmine.

— Eh bien, vous savez... une personne de sang royal se promenant ainsi déguisée dans la ville... c'est un peu étrange, n'est-ce pas?

Ouf! Il s'en était sorti. Après tout, c'est elle qui se promenait déguisée quand ils s'étaient rencontrés pour la première fois.

— Pas si étrange que ça, répondit-elle.

Ils regardèrent les feux d'artifice, puis le tapis les ramena au palais. Jasmine sauta sur le balcon. Elle se retourna vers Aladdin. Ils se regardaient en souriant, quand le tapis donna une petite secousse qui fit tomber Aladdin un peu par en avant. Leurs lèvres se touchèrent. Sous les étoiles, ils échangèrent un tendre baiser.

— Bonne nuit, mon gentil prince! dit-elle.

— Dors bien, Princesse, répondit Aladdin.

Elle disparut derrière le rideau.

— Pour la première fois de ma vie tout a l'air de vouloir s'arranger, murmura Aladdin, songeur.

Le tapis descendit dans le jardin. Aladdin sortit brusquement de sa rêverie: une grosse main lui serrait l'épaule. C'était Rasoul! Avant même qu'Aladdin ait pu faire un geste, Rasoul l'avait bâillonné et un autre garde lui avait mis des chaînes aux mains et aux pieds.

— Abou! à l'aide, Abou! essayait de crier Aladdin malgré son bâillon.

Il le cherchait partout des yeux. Il l'aperçut enfin, suspendu à un arbre dans un grand filet. Le tapis essaya de se sauver, mais un troisième garde le poussa dans une cage.

— Je crains que vos beaux jours ne soient terminés, Prince Aboubou! dit Jafar, surgissant soudain de l'ombre.

Aladdin essayait de se libérer de ses chaînes. Si seulement il pouvait atteindre son turban, là où se trouvait la lampe et le génie caché dedans!

— Assurez-vous qu'on ne le retrouve jamais, ordonna Jafar à ses gardes.

# CHAPITRE 10

Les gardes emmenèrent Aladdin jusqu'à la mer, où ils le précipitèrent en bas d'une falaise. En sombrant, Aladdin perdit son turban. La lampe s'en échappa et tomba au fond. Aladdin tenta désespérément de l'atteindre. Enfin, il réussit à l'attraper. Mais il était si fatigué qu'il arrivait à peine à frotter la lampe. Poufff! Le génie se matérialisa enfin. Il était grand temps, car Aladdin allait s'évanouir.

— Aladdin! mon vieux! Tu ne vas pas me faire ça! supplia le génie en secouant Aladdin. Je ne peux pas t'aider si tu ne fais pas un souhait. Il faut que tu dises: «Génie, il faut que tu me sauves!» Compris?

Mais Aladdin ne faisait que dodeliner de la tête.

— On va faire comme si tu avais dit oui!

Le génie se mit à tourner en rond. Le remous ainsi formé emmena Aladdin vers la surface. Avant qu'Aladdin ne s'enfonce encore dans l'eau, le génie l'attrapa et l'emmena vers Agrabah.

— Tu m'as fait une de ces peurs! lui reprocha-t-il.

— Génie, je voulais te dire... merci !

Jasmine n'avait jamais été aussi heureuse de sa vie. Elle défaisait ses cheveux devant son miroir quand son père et Jafar entrèrent dans sa chambre.

— Jasmine... commença le sultan.

— Oh, Père ! Il m'est arrivé une chose merveilleuse. Je suis si heureuse !

— Tu as raison de l'être, Jasmine, répondit le sultan d'une voix éteinte. Je t'ai choisi un mari. C'est Jafar.

Jasmine faillit s'étouffer. Jafar avança d'un pas. La tête de serpent de sa canne se mit à briller, hypnotisant le sultan.

— Jamais ! cria Jasmine. Père, je veux épouser le prince Ali !

— Le prince Ali est parti, comme tous les autres, répondit Jafar en riant.

— Tu ferais mieux de vérifier dans ta boule de cristal, dit une voix venant de la fenêtre.

C'était Aladdin ! Jasmine courut au-devant de lui.

— Prince Ali ! s'exclama-t-elle. Vous êtes sauf !

— Oui, répondit Aladdin. Mais sûrement pas grâce aux bons soins de Jafar. Il a essayé de me tuer.

— Votre Grandeur, dit Jafar, il ment. C'est évident.

— Il ment... évident... répéta le sultan de façon machinale.

— Père, qu'avez-vous donc ? dit Jasmine inquiète.

— Je sais ce qu'il a ! dit Aladdin.

Il saisit la canne des mains de Jafar et en fracassa la tête de serpent sur le sol.

— Oh! ma tête... commença le sultan.

— Noble Sultan! dit Aladdin en brandissant la canne brisée. Jafar vous hypnotisait avec ceci!

— Jafar? dit le sultan en plissant les yeux. Toi? Espèce de sale traître! Gardes! Arrêtez-le!

Mais Jafar aperçut soudain la lampe qui dépassait du turban d'Aladdin. Il allait s'en saisir quand les gardes l'attrapèrent.

— Tu n'as pas encore remporté la partie! dit Jafar.

Il jeta un grain magique sur le sol; dans un nuage de fumée, il disparut avec Iago.

— Rattrapez-le! ordonna le sultan à ses gardes. Je n'arrive pas à y croire! Jafar! Mon conseiller le plus fidèle! Et il intriguait contre moi! ajouta-t-il scandalisé.

Mais le sourire lui revint quand il regarda Jasmine et Aladdin.

— Serait-ce possible? Ma fille a finalement choisi un mari?

Jasmine acquiesça de la tête.

— Oh, mes chers enfants! dit le sultan. Vous vous marierez sur-le-champ! Vous connaîtrez le bonheur et la prospérité! Et toi, mon garçon, tu seras sultan!

Sultan? Aladdin en ravala sa salive. Il aurait dû en être fabuleusement heureux, mais il se sentait plutôt effrayé.


Dans un grand état de panique, Iago volait dans le laboratoire de Jafar.

— Il faut s'en aller! dit-il. Je dois faire mes valises.

— Le prince Ali n'est qu'un crotté, qu'un pouilleux!

dit Jafar. Il a la lampe, Iago ! Mais tu vas le soulager de ce fardeau ! dit-il en ricanant. Écoute-moi bien !

Iago se rapprocha pour bien entendre le plan de Jafar.

# CHAPITRE 11

Aladdin ne put fermer l'œil de la nuit. À l'aube, il arpentait sa chambre en tenant sa tête à deux mains.

— Hourra! cria le génie en sortant de la lampe. Aladdin, tu as conquis le cœur de la princesse! Que vas-tu faire maintenant? Psst! Maintenant tu dois dire: «Je vais libérer le génie!»

— Génie, répondit Aladdin, je suis désolé, mais je ne peux pas. Il veulent que je sois sultan. Non; ils veulent que le prince Ali devienne sultan. Mais c'est grâce à toi que je suis prince! Qu'arrivera-t-il si Jasmine apprend la vérité? Je la perdrai.

Le génie avait l'air tout pâle et triste.

— Génie, j'ai besoin de toi. Sans toi, je ne suis plus qu'Aladdin.

— Je vois! répondit le génie, un peu en colère. Après tout, tu as menti à tout le monde. Je commençais à me sentir à part. Bon! Si tu veux bien m'excuser, Maître, dit-il en disparaissant dans la lampe.

— Ali? appela Jasmine. Pourrais-tu venir à la ménagerie, s'il te plaît? Vite!

— J'arrive, Jasmine, répondit Aladdin.

Il se précipita dans le jardin. Il se dirigeait vers la ménagerie quand il passa devant un groupe de flamants roses. Du moins, de ce qui semblait être des flamants roses.

Au beau milieu du groupe, Iago, déguisé en flamant rose, était bien content de lui. Son imitation de la voix de Jasmine était bonne puisque Aladdin n'y avait vu que du feu. Iago se précipita dans la chambre, vola la lampe et l'emporta dans le laboratoire de Jafar.


— Ali! Te voilà enfin! dit Jasmine en courant au devant d'Aladdin. Je t'ai cherché partout!

Aladdin ne comprenait pas. Comment pouvait-elle l'avoir cherché, alors qu'elle venait tout juste de l'appeler?

— Vite! dit-elle en le prenant par la main. Père va annoncer notre mariage.

Jasmine monta sur l'estrade. Le visage rayonnant de bonheur, le sultan annonça à son peuple:

— Ma fille a choisi un mari: le prince Ali Ababoua!

# CHAPITRE 12

Du haut d'une tour qui dominait la cour, Jafar et Iago observaient Aladdin qui allait être présenté au peuple d'Agrabah.

— Regardez-moi ce petit prétentieux ! cria Iago.

— Qu'importe ! dit Jafar. De toute façon, le pouvoir de la lampe est à moi.

Le génie apparut dans un nuage de fumée.

— Aladdin, si tu me fais des excuses, je...

Le génie s'interrompit, interloqué à la vue de Jafar.

— Je suis ton maître maintenant ! dit Jafar.

— C'est bien ce que je craignais...

— Du calme, répondit Jafar. Maintenant, Génie, accorde-moi mon premier souhait. Je veux devenir le grand sultan !

Aladdin contemplait la foule, quand soudain celle-ci fut cachée par un nuage de brume. Des nuages enveloppèrent le palais. Jasmine et Aladdin regardaient autour d'eux, très inquiets. Une lueur magique entoura le sultan, puis disparut, laissant le sultan presque nu !

De la foule, monta un cri de frayeur. Il y avait une personne de plus sur l'estrade, maintenant.

— Jafar! s'exclama Aladdin.

— Sultan Jafar! répondit Jafar d'un ton autoritaire.

— Qu'est-ce que c'est que cette histoire? demanda le sultan.

— La lampe est en ma possession maintenant, dit Jafar. J'ai tous les pouvoirs!

Une ombre emplit la cour du palais. Toutes les têtes se levèrent. Le génie tournoyait dans le ciel, tel un géant maléfique. Il posa les mains sur le toit du palais, prêt à l'écraser.

— Génie, arrête! cria Aladdin. Qu'allais-tu faire?

— Désolé, petit, répondit le génie, tout triste. J'ai un nouveau maître.

D'un geste puissant, il souleva le palais. Puis il s'envola vers une montagne, loin de la ville, où il déposa le palais.

— Maintenant, misérables, c'est vous qui vous prosternerez devant moi! ordonna Jafar.

— Jamais! répondit Jasmine.

— Vous allez plier à mes désirs! répliqua Jafar. Mon deuxième souhait est d'être le sorcier le plus puissant du monde, dit-il en s'adressant au génie.

Sa canne à tête de serpent se mit à briller et des éclairs verts en jaillissaient. Radjah feula et bondit sur Jafar. Jafar agita sa canne; Radjah se transforma en un tout petit chaton et retomba par terre.

— Regardez bien votre cher prince Ali, ou plutôt Aladdin! dit Jafar à Jasmine.

Un éclair jaillit de la canne; la lumière enveloppa

Aladdin et Abou. Abou redevint singe. Aladdin perdit sa robe, ses babouches et son turban. Il s'affaissa sur le sol, vêtu de ses haillons.

— Il n'est rien d'autre qu'un pouilleux ! dit Jafar.

— Ali ? dit Jasmine toute triste.

— Jasmine... je suis désolé, dit Aladdin.

— Tu vois bien ! Ta place n'est pas ici ! dit Jafar.

— Je me demande où est sa place ? dit Iago en ricanant. Peut-être au bout du monde...

— Sans doute ! cria Jafar en agitant sa canne.

Aladdin et Abou furent soudain soulevés de terre et précipités dans une tour. Puis la tour fut propulsée vers l'horizon, comme une fusée. Jasmine contemplait la scène, remplie d'horreur. Le génie tourna la tête, accablé de tristesse.

— Enfin ! Je suis le maître d'Agrabah ! cria Jafar avec un rire démoniaque.

# CHAPITRE 13

Quand Aladdin se réveilla, il était transi de froid. Où était-il? Dans le blizzard, il pouvait deviner la tour brisée et à moitié recouverte de neige. Il se trouvait au bord d'un précipice.

— Abou! appela-t-il en claquant des dents.

Abou grelottait de froid. Aladdin le mit dans son gilet pour le réchauffer.

— Oh, Abou! J'aurais dû libérer le génie.

Il sentit un chatouillement dans les jambes. C'était le tapis qui était coincé sous la tour. Aladdin essaya de le dégager. Avec Abou, il se mit à creuser tout autour, mais la tour se mit à bouger.

— Attention! cria Aladdin.

La tour se mit à rouler et tomba dans le précipice. Enfin libéré, le tapis souleva Aladdin et Abou dans les airs, jusqu'aux nuages.

— Cap sur Agrabah! dit Aladdin. En route!

Le palais était maintenant là où il aurait toujours dû être : au sommet d'une montagne. Jafar contemplait la vue en buvant du vin. Jasmine était menottée. Jafar la tira vers lui avec sa canne.

— Il me pèse de vous voir réduite à cet état, Jasmine. Vous devriez être au bras de l'homme le plus puissant du monde.

Avec sa canne, il fit disparaître les menottes et posa une couronne en or sur sa tête.

— Vous pourriez être ma sultane...

— Jamais ! répondit Jasmine en lui lançant à la figure le contenu de sa coupe de vin.

— Je t'apprendrai à me respecter ! hurla Jafar. Génie ! J'ai décidé d'utiliser mon dernier vœu : je veux que la princesse Jasmine devienne éperdument amoureuse de moi.

— Non ! répondit Jasmine.

— Euh... Maître ! dit le génie. Il y a quelques petites restrictions...

— Tu vas faire comme je t'ordonne de faire, esclave ! répondit Jafar en tirant le génie par la barbe.

Personne n'avait remarqué qu'Aladdin et Abou étaient entrés dans la salle du trône par une petite fenêtre en hauteur. Personne sauf Jasmine. Elle faillit crier de surprise. Mais Aladdin lui fit signe de rester silencieuse et descendit, avec Abou et le tapis, jusque dans la salle.

— Jafar ! dit Jasmine, se faisant toute séductrice. Je ne m'étais jamais rendu compte à quel point vous pouviez être un homme extraordinaire !

— J'aime mieux ça ! dit Jafar. Mais encore...

— Vous êtes grand, élégant... poursuivit Jasmine.

Elle pouvait voir Aladdin et le tapis se rapprocher de la lampe.

— Continuez, dit Jafar.

— Vous avez conquis mon cœur, dit Jasmine, en mettant ses bras autour du cou de Jafar.

— Et qu'en est-il du va-nu-pieds ? demanda Jafar en serrant Jasmine de plus près.

— Quel va-nu-pieds ? dit Jasmine en posant un baiser passionné sur les lèvres de Jafar.

Jafar était subjugué. Mais, soudain, il aperçut le reflet d'Aladdin dans la couronne de Jasmine.

— Lui ! cria-t-il fou de rage.

Il pointa sa canne en direction d'Aladdin. Un éclair frappa celui-ci en pleine poitrine.

— Combien de temps me faudra-t-il pour t'exterminer à tout jamais ? dit Jafar en pointant sa canne pour le frapper une seconde fois.

Mais Jasmine l'en empêcha.

— Vous, petite enjôleuse ! dit Jafar.

Il pointa sa canne vers Jasmine et l'emprisonna dans un sablier géant. Zap ! D'un coup de canne, Jafar transforma Abou en singe automate. Et encore zap ! Le tapis se mit à se défaire fil à fil.

— Tout cela est ta faute, pouilleux ! Tu n'aurais jamais dû remettre les pieds ici ! dit Jafar.

Et zap ! Aladdin fit un pas en arrière pour éviter d'être mis en pièces par des douzaines de sabres qui se plantaient dans le sol.

— Je suis un serpent, dis-tu ? Je vais te montrer jusqu'à quel point tu dis vrai ! dit Jafar.

Avec ses deux mains, il brandit sa canne à pommeau de serpent. La canne se mit à grandir, hideuse, et à l'envelopper. Elle se transforma en un monstrueux cobra géant, dressé jusqu'au plafond. En même temps, le feu se répandit en un cercle qui entoura complètement Aladdin. Le cobra plongea sur Aladdin. Celui-ci brandit un sabre et en frappa le corps du serpent à deux reprises.

— Tue le serpent avec le sabre, marmonna le génie.

— Ne te mêle pas de ça! ordonna Jafar.

Le serpent attaqua à nouveau Aladdin, qui tomba et perdit son sabre.

Aladdin roula sur le sol jusqu'au sablier. Jasmine avait maintenant du sable jusqu'aux épaules. Aladdin voulut la libérer, mais Jafar l'attaqua à nouveau et fit voler son sabre dans les airs. Le sable continuait de couler!

— Tu pensais pouvoir avoir raison de l'être le plus puissant du monde? dit Jafar, menaçant.

Aladdin essayait en vain de se libérer de l'étreinte du serpent. Le génie le regardait, impuissant, dans un coin. Le génie!

— Tu n'es pas l'être le plus puissant du monde. Le génie est bien plus puissant que toi! C'est lui qui t'a donné tes pouvoirs. Et il peut te les enlever!

— Aladdin! Que fais-tu? dit le génie. Tu ne dois pas me mêler à cette affaire!

— C'est la vérité, Jafar, continua Aladdin. Tu n'es que le second!

— Tu as raison, Aladdin, dit Jafar, en desserrant son étreinte. Mais ce n'est pas pour bien longtemps!

Aladdin retomba par terre. Le serpent se précipita sur le génie.

— Génie! lui cria Jafar. Je suis prêt à faire mon troisième et dernier souhait. Je veux être le plus puissant de tous les génies du monde!

— Vos désirs sont des ordres! murmura le génie, rempli de désespoir.

# CHAPITRE 14

L
e génie s'exécuta. Jafar fut entouré d'un fluide magique. Son corps de serpent se transforma peu à peu en celui d'un génie malfaisant.

— Oui! hurla Jafar. La toute-puissance!

Aussitôt Aladdin rompit le verre du sablier avec son sabre et libéra Jasmine, qui avait du sable presque par-dessus la tête.

— Qu'as-tu fait! demanda-t-elle à Aladdin.

— As-tu confiance en moi? dit-il avec un sourire.

— Je suis le maître de l'univers! hurla Jafar.

Le dôme du palais sauta, et Jafar se dressa jusqu'au firmament. Puis des menottes d'or, identiques à celles du génie, vinrent lui enserrer les poignets. Et une lampe toute nouvelle se matérialisa peu à peu à ses pieds.

— Quoi? Que se passe-t-il? demanda Jafar.

— Tu voulais être un génie? dit Aladdin en prenant la lampe et en la tendant vers Jafar. Tu as eu ce que tu voulais. La lampe fait partie de la panoplie!

Les jambes de Jafar se transformèrent en une fumée qui fut aspirée par la lampe.

— Non! cria Jafar, les yeux révulsés par la peur.

Et, hurlant de terreur, Jafar attrapa Iago par les pattes.

— Hé! hurla Iago. Laisse-moi tranquille!

Jafar et Iago furent entièrement aspirés par la lampe. Un silence absolu emplit la salle du trône. Jasmine, le sultan et le génie regardaient Aladdin.

— Un pouvoir cosmique phénoménal et un minuscule quartier général, dit Aladdin ironique.

— Aladdin! dit le génie. Tu es génial!

Tout revint à la normale. Le sultan retrouva ses habits. Abou redevint un vrai singe. Radjah retrouva sa taille de tigre. Et le tapis refit tous ses fils. Le génie prit la lampe et alla au balcon.

— Dix mille ans dans la Caverne aux Merveilles devraient leur remettre les esprits en place! dit le génie en lançant la lampe vers le désert.

Tout fier de lui, le génie souleva le palais et le ramena dans la ville.

# CHAPITRE 15

Le calme était revenu dans Agrabah. Jasmine et Aladdin se trouvaient sur le balcon de la salle du trône.

— Jasmine! dit doucement Aladdin. Je dois t'avouer que je t'ai menti: je ne suis pas un prince.

— Tu devais avoir de bonnes raisons pour agir ainsi, répondit Jasmine.

— Je suppose que tu ne veux plus me revoir, dit Aladdin.

— Cette loi est injuste! dit Jasmine. Je t'aime!

Le génie apparut soudain.

— Aladdin! Pas de problèmes! dit-il. Il te reste encore un souhait. Tu n'as qu'à souhaiter de redevenir un prince.

— Mais, Génie! répondit Aladdin. Et ta liberté?

— Bof! Quelle importance à côté de votre amour! Nulle part au monde tu ne retrouveras une femme comme elle.

— Jasmine... je t'aime, dit-il. Mais je ne veux plus passer pour ce que je ne suis pas.

— Je comprends, répondit Jasmine.

— Génie! dit Aladdin. Je veux que tu sois libre. Depuis le temps que je t'ai fait cette promesse!

— Je suis libre! cria le génie tout heureux de voir que ses menottes d'or avaient disparu. Je veux parcourir le monde!

— Toutes mes félicitations! lui dit le sultan.

— Génie, tu vas me manquer, dit Aladdin.

— À moi aussi, Aladdin! répondit le génie affectueusement. Peu importe ce que les gens pensent, pour moi tu seras toujours un prince.

— Il a raison, dit le sultan. Tu as montré que tu étais un homme de valeur. C'est la loi qui crée le problème; alors il faut changer la loi!

— À partir de maintenant, la princesse devra épouser celui qu'elle juge digne d'elle.

— J'épouserai Aladdin! dit Jasmine aussitôt.

— Bon! dit le génie. Je crois que je n'ai plus rien à faire ici. Au revoir, jolis tourtereaux!

Le génie se propulsa dans le ciel, comme une fusée. Le sultan le suivit des yeux, jusqu'à ce qu'il disparaisse à l'horizon. Aladdin et Jasmine ne se rendirent compte de rien, tout occupés qu'ils étaient à leur bonheur.